臺灣詩學 25 週年 一路吹鼓吹

貓的眼睛

曾美玲 著

個人詩集 02

【總序】
與時俱進・和弦共振
——臺灣詩學季刊社成立25周年

蕭蕭

華文新詩創業一百年（1917-2017），臺灣詩學季刊社參與其中最新最近的二十五年（1992-2017），這二十五年正是書寫工具由硬筆書寫全面轉為鍵盤敲打，傳播工具由紙本轉為電子媒體的時代，3C產品日新月異，推陳出新，心、口、手之間的距離可能省略或跳過其中一小節，傳布的速度快捷，細緻的程度則減弱許多。有趣的是，本社有兩位同仁分別從創作與研究追蹤這個時期的寫作遺跡，其一白靈（莊祖煌，1951-）出版了兩冊詩集《五行詩及其手稿》（秀威資訊，2010）、《詩二十首及其檔案》（秀威資訊，2013），以自己的詩作增刪見證了這種從手稿到檔案的書寫變遷。其二解昆樺（1977-）則從《葉維廉〔三十年詩〕手稿中詩語濾淨美學》（2014）、《追和與延異：楊牧〈形影神〉手稿與陶淵明〈形影神〉間互文詩學研究》（2015）到《臺灣現代詩手稿學研究方法論建構》（2016）的三個研究計畫，試圖為這一代詩人留存的（可能也是最後的）手稿，建立詩學體系。換言之，臺灣詩學季刊社從創立到2017的這二十五年，適逢華文新詩結束象徵主義、現代主義、超現實主義的流派爭辯之後，在後現代與後殖民的夾縫中掙扎、在手寫與電腦輸出的激盪間擺盪，詩社發展的歷史軌跡與時代脈動息息關扣。

臺灣詩學季刊社最早發行的詩雜誌稱為《臺灣詩學季刊》，從1992年12月到2002年12月的整十年期間，發行四十期（主編分別為：白靈、蕭蕭，各五年），前兩期以「大陸的臺灣詩學」為專題，探討中國學者對臺灣詩作的隔閡與誤讀，尋求不同地區對華文新詩的可能溝通渠道，從此每期都擬設不同的專題，收集專文，呈現各方相異的意見，藉以存異求同，即使2003年以後改版為《臺灣詩學學刊》（主編分別為：鄭慧如、唐捐、方群，各五年）亦然。即使是2003年蘇紹連所闢設的「臺灣詩學・吹鼓吹詩論壇」網站（http://www.

taiwanpoetry.com/phpbb3/），在2005年9月同時擇優發行紙本雜誌《臺灣詩學‧吹鼓吹詩論壇》（主要負責人是蘇紹連、葉子鳥、陳政彥、Rose Sky），仍然以計畫編輯、規畫專題為編輯方針，如語言混搭、詩與歌、小詩、無意象派、截句、論詩詩、論述詩等，其目的不在引領詩壇風騷，而是在嘗試拓寬新詩寫作的可能航向，識與不識、贊同與不贊同，都可以藉由此一平臺發抒見聞。臺灣詩學季刊社二十五年來的三份雜誌，先是《臺灣詩學季刊》、後為《臺灣詩學學刊》、旁出《臺灣詩學‧吹鼓吹詩論壇》，雖性質微異，但開啟話頭的功能，一直是臺灣詩壇受矚目的對象，論如此，詩如此，活動亦如此。

臺灣詩壇出版的詩刊，通常採綜合式編輯，以詩作發表為其大宗，評論與訊息為輔，臺灣詩學季刊社則發行評論與創作分行的兩種雜誌，一是單純論文規格的學術型雜誌《臺灣詩學學刊》（前身為《臺灣詩學季刊》），一年二期，是目前非學術機構（大學之外）出版而能通過THCI期刊審核的詩學雜誌，全誌只刊登匿名審核通過之論，感謝臺灣社會養得起這本純論文詩學雜誌；另一是網路發表與紙本出版二路並行的《臺灣詩學．吹鼓吹詩論壇》，就外觀上看，此誌與一般詩刊無異，但紙本與網路結合的路線，詩作與現實結合的號召力，突發奇想卻又能引起話題議論的專題構想，卻已走出臺灣詩刊特立獨行之道。

臺灣詩學季刊社這種二路並行的做法，其實也表現在日常舉辦的詩活動上，近十年來，對於創立已六十周年、五十周年的「創世紀詩社」、「笠詩社」適時舉辦慶祝活動，肯定詩社長年的努力與貢獻；對於八十歲、九十歲高壽的詩人，邀集大學高校召開學術研討會，出版研究專書，肯定他們在詩藝上的成就。林于弘、楊宗翰、解昆樺、李翠瑛等同仁在此著力尤深。臺灣詩學季刊社另一個努力的方向則是獎掖青年學子，具體作為可以分為五個面向，一是籌設網站，廣開言路，設計各種不同類型的創作區塊，滿足年輕心靈的創造需求；二是設立創作與評論競賽獎金，年年輪項頒贈；三是與秀威出版社合作，自2009年開始編輯「吹鼓吹詩人叢書」出版，平均一年出版四冊，九年來已出版三十六冊年輕人的詩集；四是興辦「吹鼓吹詩雅集」，號召年輕人寫詩、評詩，相互鼓舞、相互刺激，北部、中部、南部逐步進行；五是結合年輕詩社如「野薑花」，共同舉辦詩展、詩演、詩劇、詩舞等活動，引起社會文青注視。蘇紹連、白靈、葉子鳥、李桂媚、靈歌、葉莎，在這方面費心出力，貢獻良多。

臺灣詩學季刊社最初籌組時僅有八位同仁，二十五年來徵召志同道合的朋友、研究有成的學者、國外詩歌同好，目前已有三十六位同仁。近年來由白靈協同其他友社推展小詩運動，頗有小成，2017年則以「截句」為主軸，鼓吹四行以內小詩，年底將有十幾位同仁（向明、蕭蕭、白靈、靈歌、葉莎、尹玲、黃里、方群、王羅蜜多、蕓朵、阿海、周忍星、卡夫）出版《截句》專集，並從「facebook詩論壇」網站裡成千上萬的截句中選出《臺灣詩學截句選》，邀請卡夫從不同的角度撰寫《截句選讀》；另由李瑞騰主持規畫詩評論及史料整理，發行專書，蘇紹連則一秉初衷，主編「吹鼓吹詩人叢書」四冊（周忍星：《洞穴裡的小獸》、柯彥瑩：《記得我曾經存在過》、連展毅：《幽默笑話集》、諾爾・若爾：《半空的椅子》），持續鼓勵後進。累計今年同仁作品出版的冊數，呼應著詩社成立的年數，是的，我們一直在新詩的路上。

檢討這二十五年來的努力，臺灣詩學季刊社同仁入社後變動極少，大多數一直堅持在新詩這條路上「與時俱進・和弦共振」，那弦，彈奏著永恆的詩歌。未來，我們將擴大力量，聯合新加坡、泰國、馬來西亞、菲律賓、越南、緬甸、汶萊、大陸華文新詩界，為華文新詩第二個一百年投入更多的心血。

2017年8月寫於臺北市

【推薦序】
環視之後的詩眼

蕭蕭

曾美玲（1960-）距離上一部詩集《相對論一百》（書林，2015），才兩年的時間，即將出版她最新的詩集《貓的眼睛》（秀威，2017）。這貓的眼睛如何成為曾美玲的詩眼？我們都有興趣探她一探。

一、對視之後的詩眼

在《相對論》中我曾仔細觀察她的四行詩，爬梳各種不同的「相對」的書寫方式，約略為：一、AaBb形式：兩截式的設計，二、ABCc形式：縮結式的設計，三、dDAB形式：開啟式的設計，四、AaCcBbDd形式：

兩兩相對的多層次設計，五、V形式：定點雙向的設計。但在「新」詩集，120首詩裡，幾乎看不見舊有的腳印，聽不見舊有的弦音，勉強找到的是〈意外二則〉與〈文具二重奏〉這兩首詩。

先看〈意外二則〉這首詩：

（一）扛著萬噸心事
　　　一粒藍色小星
　　　失足墜落
（二）返回天空的路上
　　　一朵過境的雲
　　　意外降落

詩的內文各以三行排列，如果要以「二二」對比方式裝置，未嘗不可：「扛著萬噸心事／一粒藍色小星失足墜落」「返回天空的路上／一朵過境的雲意外降落」，如此改裝就符合《相對論》外觀上的要求，但在內容上，一粒藍色小星與一朵過境的雲，都選擇相同的墜落方向，似乎就失卻相對的意義。曾美玲無意再循前車之轍前進，《貓的眼睛》要展現自己的「新」。

其次再看〈文具二重奏〉這首，依然是用（一）（二）的格式，分列為兩首詩：

（一）橡皮擦
「多麼希望／運用你神奇的魔力／把過去堆疊的錯誤／徹底擦掉／消失糾纏心中／揮之不去的陰影／讓生命還原／一張雪白的稿紙／等待填寫／重生的喜悅」
（二）筆
「謝謝你數十年的傾聽／準確掌握／暗藏靈魂底層／說不出口的秘密／無法承載的苦悶與徬徨／每個星星失眠的子夜／賣力譜寫／閃爍淚光和愛／一曲擁抱一曲／詩的樂章」

顯然，曾美玲走過她的《相對論》時代，要讓生命還原，要有重生的喜悅，一曲擁抱一曲新的詩的樂章，要在《貓的眼睛》這部新詩集中，展現她的新視角。

最直接可見的是，她放棄了二分法的「對立」視野，改採「鼎立」式的迴旋可能，就詩的標題與布置來看，〈假日公園印象〉、〈螢火蟲三重奏〉、〈賞花〉、〈遊美詩抄三首〉、〈祈禱〉、〈牆〉、〈玫瑰的告白〉等七首，都以「三重奏」的組詩方式在安排詩的形式。譬如寫於2016.3.15的〈假日公園印象〉，詩分三段，早段讓春風四處走動，輕輕推醒整座公園，午段則攤開發霉的心，請陽光曬曬，黃昏時段只寫慵懶的黃狗慵懶地離去，和怡安樂的感覺充滿了這座美麗城市的假日公園。

〈螢火蟲三重奏〉是其中完善表達幸福心聲、童年美夢的好作品。定居臺北之後的曾美玲，完全沉浸在幸福的光圈裡，父母福壽安康，兩位女兒智美雙全，兄弟夫婿相伴和樂，可以讓她全心游習在詩藝之中，這種幸福感足以融化那冰凍的夢，夢與理想，成為活生生的現實。

（一）

生態池旁，越來越擁擠的
眼睛，耐心垂釣
越來越疏遠
一閃即逝的
幸福

（二）
仔細看啊
從記憶的樹叢間
即將飛出，五秒鐘
提著燈籠
捉迷藏的童年

（三）
即使只迴旋黑暗的舞臺
即使只燃燒十天的青春
即使只散發渺小的光芒
依然以火的舞姿
融化冰凍的夢

螢火蟲復育成功，是都城裡生態維護的大成就，是鄉村童年記憶的甦醒，曾美玲幸福的眼睛看到了這種喜悅，三協其美，三復其意，同時也感染了她的讀者。這首詩以三段各五行的形式在進行，另一首〈玫瑰的告白〉則有「含苞」、「怒放」、「凋零」的生長秩序，不容錯亂，但曾美玲在行數上的安排，卻柔軟而不僵化，可以五行，可以七行，可以六行。放緩了四行、偶數的相對觀，棄守了你與我的對峙、善與惡的比評、美與醜的界線，幸福的曾美玲找到了柔軟的本質，寫出了詩的幸福。

二、環視之後的詩眼

《貓的眼睛》是一部幸福的詩集，詩作繁多，分類上共有十加一輯，除第四輯〔在你的房間裡〕需要特別看待外，其餘都是幸福的寫照。第一輯〔這是一座最美麗的城市〕，寫臺北的溫暖、色彩與美好，享受臺北所給養的一切，這是一雙幸福的眼睛所透視的臺北。第二輯〔風車的傳說〕，是有餘錢、有餘閒、中年以後的詩人最常寫出的作品，西班牙、美國、日本、東海岸的旅遊幸福。第三輯是〔夜空〕（小詩），從上一部詩集《相對論一百》已可見識到曾美玲對形式的覺醒，在眾多以內容分類的輯名中特別標誌「小詩」，是對小詩的珍愛表現，在這一輯中，詩人讓我們體會到「小詩」與「感覺」那種緊密而親切的聯繫。

第四輯〔在你的房間裡〕是悼念侄兒Wesley的專

輯，這青年曾是大學附設的青少年管絃樂團大提琴首席，又擅長繪畫與運動，卻以十七歲白色小馬般的年紀遠離親人，作為姑姑的詩人體貼地以中英文寫詩悼念，2014年6月發生的憾事，2016年12月還有詩作為之感傷，Wesley生前有著幸福而充實的日子，蒙主寵召後還有姑姑十首綿長的思念作品，也是另一種幸福。

第五輯是信仰的幸福，這是基督信仰的詩人很少出現的專輯，不以自己的信仰去排拒或指導他人的信仰，只以自己虔敬的祈禱，盼望生命的〔復活〕。延續這種耶穌基督的博愛，才有第六輯的〔貓的眼睛〕，關懷蝴蝶、服務犬、信天翁、河馬、石虎、甲蟲等等，這輯詩已跳脫生活詩人的「周遭移情」，從閱讀的認知中傳達愛的關懷。特別是提舉為輯名、集名的這首〈貓的眼睛〉，以四行小詩推崇貓的靜定與沉思：

夜的深海裡
一對載滿疑問
哲人之眼
靜靜垂釣

深海與垂釣的意象，倆倆加深了貓的沉穩性格，那哲人之眼，其實不也是在夜的深海裡靜靜凝視這貓、垂釣這貓的詩人之眼？這首詩，在眾多幸福的生活詩篇裡，有著靜定沉思的濾淨作用，可以讓其他的幸福作品不止於浮泛敘說，還能兼具厚實而深刻的體會，也能讓愛的流布不止於膚淺的言詞，還能有實質的人道關懷。第七輯〔照相〕是透過媒體知悉的島外苦難，第八輯〔島嶼的哭泣〕則是親見親聞的國內災厄與吶喊，這兩輯就是實際的人道關懷的詩篇，曾美玲以詩去膚受、去體貼，以自己的幸福心靈去追索暗夜的哭泣，實質的立人、達人的關懷詩篇。

最後的兩輯是充滿師友情的〔夜宴〕與世間情的〔致親愛的人生〕，曾美玲又回到溫暖的人世間，就像〈致親愛的人生〉這首詩所期許的，讓赤裸的靈魂踮起腳尖，飛向無風無雨也無晴「心的淨土」。

這就是2017曾美玲最新的詩集，120首詩讓人欣羨的幸福詩集。或許可以用她自己的〈寫詩〉之前三段，作為本文最後的歸結、最好的見證。這三段是：

「那堆囚禁現實牢房／找不到出口／苦悶之吶喊」

「那串塵封回憶密室／交織歡欣與悲傷／
青春的音符」
「那組掙脫陳腐窠巢／漫遊虛構幻境／
新奇的意象」

《貓的眼睛》，含籠萬象，包羅天地，可以視為曾美玲寫作內涵的總體呈現，非常踏實地實踐了自己心中期許的三個主要的詩的面向，那是她環視寰宇之後的詩眼所望：詩是被現實囚禁的苦悶之吶喊，詩是被塵封的青春之音符，詩是想掙脫窠臼的新奇之意象。前二者在這部詩集中綿密呈現，後者「新奇的意象」，或許要等這貓的眼睛凝視注目，撲攫過去的那一瞬間。

2017年8月30日 臺北市

【推薦序】
輓歌二三
——讀曾美玲的詩集《貓的眼睛》

李有成

兩年前曾美玲出版其短詩集《相對論一百》，我曾在序文中表示，這些詩在題材上「繁複多樣，幾近包羅萬象」。我進一步指出，「在曾美玲筆下，不論言志或者載道，自然、生命、情感、生活、世事、道德、宗教、歷史等莫不可入詩」。兩年後曾美玲推出她的最新詩集《貓的眼睛》，我發現以上的描述也適用於這本新詩集。《貓的眼睛》收詩一百二十首，長者二十餘行，短者四行，曾美玲顯然長於簡約，似乎無意經營較大規模的詩作。她將這一百二十首近作分成十一輯，每輯收詩數量不等，且自每輯中選一詩題作為輯名，企圖以此輯名統攝整本詩集的重要內容。

《貓的眼睛》第一輯題為「這是一座最美麗的城市」，書寫城市生活，而以詩人現住的臺北市為主要區歌對象。第二輯「風車的傳說」，顧名思義，輯中大部分的詩在記錄詩人的旅遊感懷。第三輯為一組短詩，總題「夜空」，題材繁雜，很難以內容歸類。第四輯為一組悼念詩，題為「在你的房間裡」，為詩人哀悼其不幸英年早逝的侄兒所作。第五輯「復活」隱含宗教題旨，反映的是詩人對其基督教信仰的體驗。第六輯「貓的眼睛」主要以動物為主角，寫動物的生老病死與其所面對的生態劫難。第七輯題為「照相」，這一輯的詩多屬國際題材，記錄世事的動亂與生命的無常。第八輯「島嶼的哭泣」諸詩的題材與臺灣有關，令詩人感到傷痛的是島上的諸多災難與生態浩劫。第九輯題為「返鄉」，抒寫的是鄉愁、懷舊、親情及鄉土之愛。第十輯「夜宴」大部分為曾美玲致詩壇諸友人之贈詩。第十一輯「致親愛的人生」所收諸詩則多與生活、命運、愛情、創作等人生際遇或生命活動有關。我不厭其煩個別介紹這十一輯詩的重要內容，目的無非在說明《貓的眼睛》是一本關懷寬廣、取材多元的詩集，從鄉土到域外，從卑微到崇高，無處不是詩，無事不能詩，宋理學家程顥有詩〈秋日偶成〉，其中有聯曰：「萬物靜觀皆自得，四時佳興與人同」。《貓的眼睛》未必能完成程顥詩中那種萬物合一、物我兩忘的境界，不過可以看出曾美玲在其詩的實踐過程中始終朝這個方向努力。

在《貓的眼睛》所收的一百二十首詩裏，有不少屬於所謂應景詩（occasional poems），其內容多半與天災人禍有關。這些詩所處理的是文學中常見的傷悼與無常的主題。譬如第七輯中有關二〇一五年十一月十三日巴黎恐怖攻擊的〈午夜巴黎〉一詩。詩分兩節，每節六行。第一節寫巴黎「香榭大道上，歌聲與笑語」，第二節整個情勢急轉直下：

> 來自黑暗人心
> 以仇恨壯大靈魂的
> 子彈部隊，瞬間
> 將自由綻放的
> 玫瑰人生
> 集體射殺

曾美玲的興趣顯然在敘述事件，特別是事件瞬間所展現的戲劇性對比：從生到死，從歡樂到悲劇，命運在剎那間逆轉。這樣的一首詩表面上當然在批判恐怖主義的野蠻與殘酷，更深一層看，此詩不論明示或暗示無不在提醒我們生命的無常。詩題為〈午夜巴黎〉，對遭到「集體射殺」的受害者而言，午夜意味著生命的終結，時間在午夜靜止，他們等不到天明。從這個角度看，〈午夜巴黎〉其實也是一首輓歌或悼亡詩，除了哀歎生命的無常外，也傷悼批評家巴特勒（Judith Butler）所說的生命的脆危（precariousness），讓我們從中體認生命的無奈：我們對能否全然主宰自己的命運有時候也不無疑慮。

第七輯中還有像〈照相——給敘利亞的小女孩〉、〈一位敘利亞男人的眼淚〉等諸詩，其所敷演的都是類似的主題。這個主題不僅可見於若干涉及戰亂的詩，在第六與第八輯中有幾首狀寫生態浩劫的作品，處理的也是這個主題。〈被遺忘的動物〉一詩嘗試捕捉二〇一一年日本三一一強震後福島核電廠附近動物的存活狀態：

一群被遺忘的動物
被飢餓荼毒的身軀
被絕望侵占的眼神

緊咬疑問與空氣

蹲在廢墟裡的瘦貓
垂頭喪氣地踱步
苦等枯樹下的老狗
拍不醒夢的孤鳥
唱不出歌的公雞
而集體生病的魚蝦
再也無法快樂嬉戲
清澈溪流裡

這兩節詩語言平實，從地上走的、天上飛的，到水裡游的，曾美玲筆下所呈現的是一幅了無生氣的末世景象。災變後福島的生態環境丕變，形同廢墟，是一個被上帝棄絕而天使不敢駐足的地方，殘喘苟活的只剩下「瘦貓」、「老狗」、「孤鳥」、「唱不出歌的公雞」、「集體生病的魚蝦」等。這一連串點將式的負面意象為我們描繪的是一個奄奄一息、生機不再的自然世界。〈被遺忘的動物〉是曾美玲為福島核災所寫的一首輓歌，只不過不同於〈午夜巴黎〉，此詩所哀悼的是災變後自然生態的衰亡。詩題〈被遺忘的動物〉似乎頗有立此存照的政治意義：寫詩即是為了拒絕遺忘，是為了要世人牢記福島的生態悲劇。這幾年不少日本友人不只一次善意提醒我，千萬不可購買核災後的福島農產品，因為他們自己也不願食用，臺灣頗有人極力鼓吹進口福島災區農產品，實在應該認真讀一讀曾美玲這首甚具批判意義的〈被遺忘的動物〉。

〈被遺忘的動物〉這首詩再現了日本攝影師鏡頭下福島核災後的生態變化，如果我們把鏡頭拉回到臺灣，我們所遭遇的生態災難其實也不遑多讓。《貓的眼睛》第八輯中的〈島嶼的哭泣〉正是這樣的一首詩。此詩在形式上很像〈午夜巴黎〉。詩分兩節，每節各九行，第一節抒寫「我們居住的島嶼」如何是「生物們的天堂」，有「千萬朵飛舞的彩蝶」，有「成群黑面琵鷺」等等，儼然是飛禽走獸游魚的美麗家園。跟〈午夜巴黎〉一樣，在描述島嶼美麗的自然生態之後，第二節詩將原先安詳和諧的場景整個兒翻轉，我們看到的是另一幅令人錯愕驚悸的景象：

寂靜的山谷間
巨獸怪手頻繁出沒
澄澈的海洋裡

垃圾大軍強行佔領
潔淨的藍天上
隱忍著滿腹的廢氣
煙囪劇烈咳嗽
而候鳥們驚慌搬離
被廢水吞噬的家園……

這些詩句平鋪直敘，一如媒體的報導，僅止於表象的描述，並沒有故作驚人之語。只有將兩節詩對比來讀，才可能體會到這種對比的強烈張力：所有「寂靜的」、「澄澈的」、「潔淨的」，在「怪手」、「垃圾」、「煙囪」、「廢水」等的侵襲之下頓時化為烏有，大地傷痕累累，生態病入膏肓，自然界生不如死；換言之，第一節詩句所描述的種種至此消失殆盡，竟只能存留在島嶼的記憶之中，成為我們的鄉愁。〈島嶼的哭泣〉一詩最令人悸怖的是，詩中所描述的一切正是日常中不斷在我們四周圍發生的事，同樣是哀悼自然生態的輓歌，這首詩與〈被遺忘的動物〉所處理的突發災變顯然又大不相同。

在詩集《貓的眼睛》裡，與環保或生態有關的詩不在少數，其中不乏上面提到的應景詩或者悼亡的輓歌，譬如第六輯中的〈信天翁的悲歌〉、〈石虎媽媽的願望〉，以及第八輯中的〈母親的河〉等。這些輓歌多涉及外在世界或公共議題，因此是介入型的詩，饒富批判性不難理解。不過《貓的眼睛》裡還有另一組輓歌，內容與親情有關，既沒有宏偉崇高的主題，著眼的也只是平凡的瑣事，卻因為感情真摯與單純，讀來令人動容。這一組輓歌共有十首，收入第四輯中，悼念的是詩人不幸因意外早逝的侄兒。

在這十首詩裡，最早的一首是曾美玲在其侄兒追思會上所朗誦的〈在你的房間裏——給侄兒Wesley〉。詩很短，只有八行，卻分成三節。首兩節六行是這樣的：

> 在你的房間裏，那四把大提琴耐心守候著
> 我無法將視線從你虛構夢境的油畫解剖現實的素描移開
> 爸爸買給你的玩具們似乎非常寂寞
>
> 在你的房間裏，好希望再次沉醉於天籟的大提琴演奏
> 好希望告訴你，多麼欣賞那彩虹般藝術才華與詩人心靈
> 好希望你永遠都是牽著媽媽的手，眼睛跳動問號的小男孩

這兩節詩大量採用長句，在《貓的眼睛》詩集中並不多見，似乎是為了寄託詩人的不捨與綿長思念。詩中提到存放在房間裡的「四把大提琴」和「虛構夢境的油畫」，目的在凸顯房間主人的藝術才華；「爸爸買給你的玩具們」一句則明指逝者是一位稚氣仍在的小男孩。英國詩史上十八世紀中葉有所謂墓園詩派（the graveyard school），屬前浪漫主義，其詩多在悼亡與哀傷生命的無常，惟墓園詩人的作品多陰森慘鬱，有些論者甚至詬之為病態。曾美玲這首〈在你的房間裏〉則大異其趣，此詩固然也是旨在悼亡，但在哀歎生命早逝造成的浪費（waste）——這是英詩的重要主題——之餘，全詩重點卻在記述對逝者的美好記憶，也就是詩末所說的「陽光的笑容天使的淚」。曾美玲畢業於師大英語系，熟讀英詩，當知英詩中所說的浪費並無非難之意，純粹是為了表達對生命早逝的惋惜與無奈。

不過在這一輯輓歌中，我比較偏愛那幾首以思念為主題的短詩，包括〈思念〉、〈治療傷痛的方式〉、〈天上的孩子〉、〈瓶中信〉、〈你走後〉等。在這幾首詩中，思念的意象多變，有時將思念「熬成一鍋詩」，有時「思念似海浪洶湧」，有時思念又像「雪白的」瓶中信，總之，思念的面貌繁複，所謂「隱痛沉悲，殆難言喻」，因此需要借用不同意象表達這種傷痛。我們試看〈你走後〉一詩：

> 你走後
> 我經常凝望遠方
> 等候著飛鳥
> 意外銜回
> 來自天空的信
>
> 你走後
> 我獨自走到海邊
> 聆聽著海浪
> 日夜彈奏
> 來自彼岸的思念

這首詩第二節的海浪意象其實早見於〈治療傷痛的方式〉與〈瓶中信〉二詩，這裡當然是另一種變奏。在曾美玲的視境中，思念猶如浩瀚汪洋，無邊無際，生死相隔，猶如此岸與彼岸。此詩雖然不長，但是感情抑制，在技巧上引物託喻，把思念喻為飛鳥或海浪，避免直抒情緒，宣洩到底，看似虛無縹緲，卻可能激發讀者更多的想像。第四輯中這一組輓歌其實也構成了相當完整的悼亡敘事，從悲劇發生後的傷悼、遺憾、思念，到祈禱，詩人彷彿引領生者參與一場追思儀式，最後在向上帝的禱告聲中結束，逝者安息，生者盪滌心胸，悲痛獲得抒解，〈祈禱〉一詩最終將希望寄託來生：

為了來世
天國的重逢
日夜祈禱
以滋生盼望的心
以盈滿喜樂之靈

這場儀式非常重要，儀式讓生者可以面對死亡，承受損失，接受生命的苦難與無常，甚至祈盼來世的團聚。人生一世，草木一秋，寫詩，對曾美玲而言，容或正是一場止痛療傷的過程。

——二〇一七年八月二十七日於臺北

目　次

輯二 風車的傳說

輯三 夜空（小詩）

輯四 在你的房間裡

輯五 復活

輯六 貓的眼睛

輯七 照相

輯八 島嶼的哭泣

輯九 返鄉

輯十 夜宴

輯十一 致親愛的人生

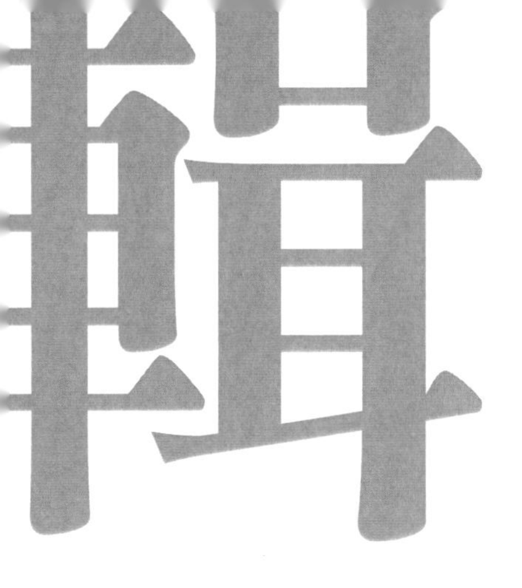

這是一座
最美麗的城市

假日公園印象

（一）

一大早，打起精神
春風四處走動
將霧水全面驅離
輕輕推醒整座公園

（二）

草地上，男男女女
把綑綁全身
厚重的冬季
一件件脫掉
袒露腐朽的記憶
交換夢與現實

再攤開發霉的心
請陽光曬曬

（三）

不願起身
握別蝴蝶慵懶的夢
綠蔭下，一隻黃狗
將轉身離去
夕陽的背影
緊緊啣著

2016/3/15

螢火蟲三重奏
——致大安森林公園生態池旁復育成功的螢火蟲

（一）

生態池旁，越來越擁擠的
眼睛，耐心垂釣
越來越疏遠
一閃即逝的
幸福

（二）

仔細看啊
從記憶的樹叢間
即將飛出，五秒鐘
提著燈籠
捉迷藏的童年

（三）

既使只迴旋黑暗的舞臺
即使只燃燒十天的青春
即使只散發渺小的光芒
依然以火的舞姿
融化冰凍的夢

註：螢火蟲從蛹蛻變為成蟲後，只有十天左右的生命。

2016/5/12

致蘋果

（一）

一粒急著長大的夢
終於，找到出口
從樹上自由墜落
意外碰撞的
真理，光照宇宙

（二）

咬了一口咒語
遭睡眠無限期綁架的童話
有一天，被偶然路過的
愛情，吻醒

和毒蘋果一起
走入永恆

2016/1/7
受邀參展〈齊東詩舍2016年女性詩展〉

搭高鐵

咻咻咻咻咻咻
比北風更會飛
比太陽更能跑
搭乘一張貼著郵票的
魔毯

敲叩城市喧鬧搖滾
傾聽田園詩般靜默
繞過小河彎彎曲曲的
心事，穿透隧道
看不見的祕密

「XX站到了」
夢，渴望再睡三秒

2016/3/4

孵夢

蹲在角落的黃昏啊
請以磐石的心
以火焰之舞
慢慢
孵夢

終有一天
暗夜的盡頭
破殼而出
一輪重獲新生的
朝陽

後記：觀賞臺北市立陽明教養院與喜樂家族〈我們的詩畫時光〉創作聯展有感

2017/1/3

春日午後，在齊東詩舍

午後，請春風嚮導
流連被時光催眠的老屋
百年樟樹仍蒼翠
千古傳說正迷霧

靜默中，意外現身
高舉魔杖的繆思女神
輕輕一揮
所有昨日之詩
逝去的歌
從每一片擁抱寂寞的青瓦
從每一根日夜等待的樑柱
高聲傳誦

2017/5/26

訪玫瑰古蹟
——致舞蹈家蔡瑞月女士

冬日午後，一路跟隨
慵懶如貓的風
拐進歷史的長巷
跌落50年代
一場漸醒的夢

遇見您怒放的青春
帶領幼小舞者
握緊扶桿，在滾動汗水
跳躍陽光的地板上
凝視鏡中含苞的願望
日夜辛勤澆灌

同步回顧
背負苦難十字架

漫長的人生故事裡
生命的舞者
如何發揮太陽的意志
如何舞動月光的熱情
飛越風暴穿透黑暗

冬日午後，流連古蹟
昔日的繁華與滄桑
離去前，瞥見一朵火紅玫瑰
正踮起腳尖
在迅速暮色的教室中央
不停地迴旋
不停地迴旋⋯⋯

後記：坐落於臺北市中山北路二段的玫瑰古蹟，建於1920年，為日本文官宿舍。1949年舞蹈家蔡瑞月墜入冤獄，1953年出獄，成立蔡瑞月舞蹈研究社於現址，從事舞蹈教學、創作、演出、史料保存。1994年四十多個文化團體，發起臺北藝術活動，解除拆遷危機。1999年核准為市定古蹟，2007年正式開館。

2016/12/22

在二二八和平公園裡

歷史的傷口，依然
喊痛，在受難者沉默
擁擠的名單裡
悼念牆上，重重疊疊
擰不乾的詩與思念
追思廊下，日夜徘徊
十數萬朵亡魂
比秋風消瘦的嘆息
比黃花哀傷的啜泣

朝著紀念碑沉沉的召喚
腳步一步比一步搖晃
當碑文逐字還原史實
真相謙卑地反省
仰頭瞥見

四五隻白鴿的影子
自由降落，巨碑的肩膀
排練和平的序曲

2015/11/7

賞花

（一） 櫻花

一天比一天瘦的
靈感，飛舞人間
被溫柔的笑
淋濕

（二）杜鵑

流連小徑旁
寂寞的眼睛
被芬芳四溢的顏色
灌醉

（三）海芋

被光明遺棄的
心，奮力掙脫
黑夜的密網
一束潔白
含淚射出

2014/5/12

月之子
——觀女兒語軒獨舞佛朗明哥舞作（月之子）

親愛的孩子，不要怕
黑暗的白晝走遠了
從今夜起
讓我變成一支
夢的搖籃曲
輕輕地搖
輕輕地唱

親愛的孩子，不要怕
讓我掏出，沾滿愛與光
柔軟的小手帕
細心擦乾
全身濕淋淋的淚與傷

乖乖睡
乖乖睡
讓我以一生的愛
永不熄燈的微笑
搖走哭泣的昨日
搖走人間的苦難

親愛的孩子，不要怕
光明的黑夜降臨了

註：〈月之子〉是西班牙著名的神話。美麗的吉普賽女孩，嚮往愛情，向月亮祈禱。月亮很渴望有一個孩子。後來女孩與一名吉普賽男孩相戀結婚，生下一名白小孩，男孩竟懷疑女孩不貞，將她殺害，將嬰孩丟棄山上，月亮便收養可憐的小嬰孩。月圓代表小孩安睡，如果小孩不停哭泣，月亮就變成弦月，像搖籃般哄小孩入夢。這支舞，是由國內佛朗明哥舞蹈名師林耕老師編舞與指導。

2016/4/27

攝影：楊上賢／舞蹈：林語軒

時間
——觀達利雕塑時間系列有感

（一）癱軟的鐘

終於，把疲憊的靈魂
掛在樹上
那座癱軟的鐘
是嘗盡悲喜踩遍世界的旅人
　當旅程走到盡頭
唯回憶與愛
永不告別

（二）時間之舞

看！那名叫時間的舞者
在宇宙的舞臺上
迴旋迴旋復迴旋……

以機械節奏磐石意志
　燃燒的肢體冰冷的眼神

當生命舞至落幕
安靜把汗水和微笑
刻入記憶的年輪
優雅轉身

2014/12/19

久違了，陽光

氣象局說
一月的臺北，陰雨綿綿
陽光僅露臉十八小時
今天是二月五日
睡夢中的我
被思念的陽光搖醒
拉上沉重窗簾
睜開不敢置信的眼睛
慵懶的貓咪也
跳到窗口，喵喵搖著
歡迎的尾巴

今天是二月五日
提起疏遠多日的筆
揮別糾纏內心之陰霾

沾著久違陽光
捕捉剎那幸福

2012/2/20

這是一座最美麗的城市
——電影《樂來越愛妳》觀後

這是一座最美麗的城市
比星星閃爍的夢
在每條暗巷每個轉角
舞動金蛇的爵士
飄出玫瑰的愛情

這是一座最哀愁的城市
比天空空洞的眼
在每回絕望每次月落
對望黑色的寂寞
找不到心的終點

這是一座啊
流動美麗與哀愁的城市
一如我那座

滿載夢與寂寞
心的宇宙

2017/3/4

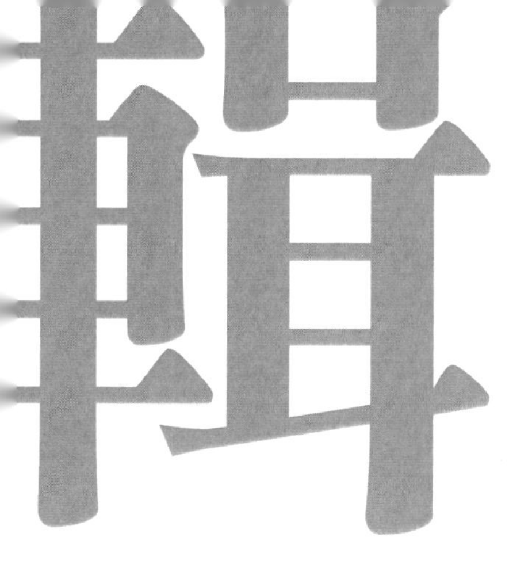

風車的傳說

二

在馬拉加的夏會裡
——西班牙記遊

在馬拉加的夏會裡
整條街道，被佛拉明哥被Jazz
被酒香被笑聲被自由灌醉了
旅人的眼睛旋轉著豔陽與鮮花
沉重的腳步輕快著

用力踩踏吧！流浪的舞者
讓心解放讓痛苦吶喊讓幸福流淚
今夜，所有看不清方向的風
找不到歸程的夢
都將投宿
馬拉加的天空

2016/9/4

攝影：林語軒

風車的傳說
——西班牙記遊

終於來到風車村
陽光熱情簇擁
大風吹起
風車們一一張開
巨人的手臂

忽然看見，那位手持長槍
胸懷世界的夢幻騎士
騎著疲憊的瘦馬
騎著不墜的夕陽
從遠方，從書本
從四百年孤寂的時光裡
緩步走來

忽然聽見
騎士一聲怒吼：
「巨人接招！」
長槍落日與勇氣齊飛
身旁以忠誠傳世的侍從
一邊急忙扶起倒地的主人
收拾散落一地的夢想
一邊不停叨念著：
「那是風車，不是巨人！」
「那不是巨人的手臂
 是風車的翅膀啊」

終於來到風車村
大風吹起
古老的傳說

不停地轉動
而旅人的心也轉動了
張開雪白的翅膀
以飛鳥的眼光
以尋夢的姿勢
飛向藍天

後記：西班牙的風車村，是啟發塞萬提斯創作偉大著作《唐吉訶德》重要的場景。在書中第八章〈駭人的風車奇險〉裡，唐吉訶德將風車當作巨人，瘋狂勇敢地向風車宣戰。

2016/9/2

愛情鎖
——西班牙記遊

漫步在巴塞隆納
陽光擁吻的海邊
我是一朵來自遠方
熱愛追尋的雲

自傳說中甦醒
兩顆緊鎖的心
在海風海浪海鳥
與夕陽與月光
熱心見證下
誓言永恆的愛

漫步在巴塞隆納
笛音飄揚的海邊
來自遠方的雲

將愛情的神話
輕輕放下
面向大海
無拘無束地笑了

2016/8/30

終於來到托雷多
——西班牙記遊

終於來到托雷多
從高處俯瞰
沉睡千年的古城
像極了與世無爭的隱士
腳下一條清澈的河流
唱著歲月的歌

走在忽高忽低
蜿蜒著滄桑往事
黃昏的石板路上
彷彿走回馬車時代
聽見思念的馬蹄聲
自遙遠達達歸來

終於來到托雷多
甦醒的老牆
熱心地導覽
一章章不老的傳說
悠悠地吟誦
一曲曲金色的輝煌
時光停下腳步
驛動的心安靜了……

2016/11/18

遊美詩抄三首

（一）午後，在納城咖啡館裡

午後，在納城咖啡館裡
時間停下腳步
陪伴旅人的夢

角落，年輕的牛仔
一曲接力一曲
拿手鄉村歌謠
歌聲清澈嘹亮
穿透咖啡濃郁香味
酩酊流浪的心

走出咖啡館
請陽光帶路

深秋午後，漫遊
飄滿音符的街道
每一步都踩著
青春的節奏
連笑聲也透明清脆⋯⋯

後記：美國田納西州最大城Nashville是美國鄉村音樂的發源地，整個納城市中心到處可見酒館和咖啡館，許多鄉村歌手在現場演唱鄉村歌曲。

（二）這是一個好地方

這是一個好地方
道路寬闊平坦
車輛們彬彬有禮

兩旁站立
知名和不知名
安靜的花與樹
微風中揮舞
歡迎的手勢

這是一個好地方
家家戶戶
複製童話的城堡
夕陽悠閒躺在
整齊綠草坪上
牽著愛犬散步的居民
輕聲打招呼
偶而傳來烏鴉啼唱
劃破寂靜的天空

這是一個好地方
走在如詩如畫異國黃昏裡
想著遙遠的故鄉
心頭湧現莫名的惆悵

（三）划船賽——給Wesley

在秋陽親吻的河流上
划呀划呀賣力的划
動作整齊手腳並用
瞬間船隻變成
超速的箭
向終點飛射

河岸觀賽的眼睛
屏息跟隨
暗自許下
金色的願望
划呀划呀勇敢的划
在風雨擁抱的人生裡

後記：侄兒Wesley參加學校划船社，每天辛苦練習，在划船賽中終於獲得優異成績。

2011/11/16

穿和服的女兒
——在東京淺草寺

在淺草寺
天空飄落著雨絲們冰涼的淚

櫻花樹下，身穿單薄和服
比櫻花怕冷的女兒們
忽然變成兩朵
勇敢的春天
以笑容驅趕寒意抵擋風雨
解凍長久凝聚我心
悲傷的霜雪

2015/2/25

甜點森林
——在東京自由之丘的Sweets Forest

在甜點森林裡
眼睛變成
好奇的蜜蜂
讓美味甦醒舌尖上
迫不及待的
春天

2015/3/20

瞬間的永遠
——訪金閣寺

聽完導遊解說
金閣寺的繁華與滄桑
如何浴火重生
遊客們爭相拍照
企圖抓住
瞬間的永遠

隔著鏡湖的澄澈
我只想暫時鬆開
人生與黑暗的綑綁
將三島筆下
象徵美與虛無的聖殿
不染塵埃之倒影
遙遙膜拜

後記：在《金閣寺》這本小說裡，作者三島由紀夫，曾談到建築和音樂的美學，稱音樂的美是永遠的瞬間，而金閣寺的美是瞬間的永遠。

2014/11/27

東京賞櫻遇雪

窗外，雪花們比夢早起
輕盈舞動白色的詩

趕著與櫻邂逅的眼睛
還未飲醉
卻驚喜收割一場
東京限定
迎賓的儀式

2017/3/27

早安，富士山

寒流來訪的東京
怕冷的櫻花
美夢正酣

富士山一早醒來
伸一伸腰
披上雪白長袍

吆喝一聲，天地間
屹立

2017/3/28

和服初體驗

櫻花樹下
春神伸出纖纖玉手
將粉紅之戀，重新穿上

2017/3/30

春訪日本庭園

三月底了，整座三溪園
依然冬眠
古牆邊，三兩株粉櫻
像身穿和服的少女
以溫柔淺笑相迎

湖上，划開濃霧
水鴨們宣告春天的信息
一對新人，湖畔小立
以眼神交換的誓言
潔白似初雪堅貞如老松

比夕陽曲折的小徑上
尋訪老屋的繁華與滄桑

忽然憶起一首俳句

久被遺忘的……

後記：三溪園是一座面向東京灣的日本著名庭園。 由橫濱企業家原三溪自1902年建造，耗時二十年建成。庭園中有十七處歷史建築物。三溪園現亦作為藝術家與文學家交流之地。參訪那天，我有入館內參觀，當時正在展覽當地俳句得獎作品展。

2017/4/6

同學會
——記臺大中文系四十年同學會「花東之旅」

讓我們啟程吧！親愛的同學
從此刻起，鬆開俗事的綑綁
放下或沉重或虛無的擔子
請朝陽領隊白雲掌旗
攜手搭乘青春列車

這一回，比四十年前更青春
來自八方的歸鳥們
一路上，唱不散的歌
比風聲遼闊比潮水清澈
迴盪在太平洋深深的心底
笑不停的話
沿著蒼翠如玉的海岸山脈
自在地翻滾……

讓我們啟程吧！親愛的老友
搭乘一艘取名思念的小舟
尋訪迷路的詩作夢的雲
細細溫習年少之輕狂愛恨
就在今夜

讓你我高舉
祝福的酒杯
將滿天燦爛的星光
李白昔日打撈的明月
以及那一朵朵，永不凋萎的
芬芳回憶
一飲而盡

後記：2016年11月7日，參加先生臺大中文系四十年同學會，前往花蓮與臺東，旅行五天，深受感動而寫。

2016/11/18

都蘭山

多年以前
當巴士搖搖晃晃
載著一箱箱青澀的夢
駛向陌生之明日
回頭望見
母親一樣的都蘭山
揮舞著送別手勢
遊子的眼淚滴滴滾落

多年以後
當巴士搖搖晃晃
載著一袋袋滄桑的詩
駛回熟悉的童年
側耳傾聽
母親一樣的都蘭山

吟唱著思念古調
溫熱遊子歸鄉的心

2016/11/21

看海

從人間逃獄
自煙塵出走
想飛的腳步
奔向大海日夜呼喚

化作一陣風的旅行
鑽進潮水變幻的心
細細挖掘
深埋的歲月與歌

飛成一朵雲之靜默
降落夕陽的肩膀
等靠岸的小船啊
將一箱箱的眼淚與笑聲

載向空茫的
彼岸

2016/2/5
受邀參展〈2016年五四藝響曲
——馬祖詩畫創作展〉

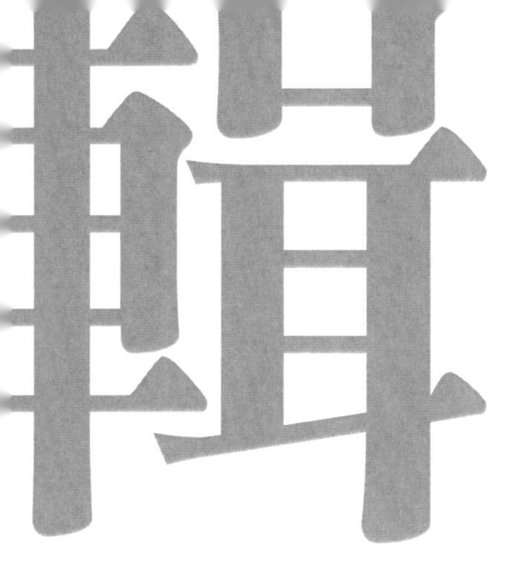

輯三

夜空（小詩）

夜空

當夕陽退場
別急著走開
等月亮調好燈光
星星們熟記臺詞與位置
一幕幕仲夏夜之夢
即將
演出

2014/10/17

寂寞

一隻忠心的影子
慾望統轄
虛無領航的地球上
緊緊跟隨

2014/10/2

致月亮

來自黑暗的故鄉
不豔羨太陽的榮耀
也絕不低頭啜泣

天空安靜的角落
站成一盞
永不熄滅
指引迷途的
燈

2015/5/17

傷痕

一刀刀
沉默的傷痕

一吋吋
咬人的思念

黃昏
忍不住
喊
痛

2014/7/8

意外二則

（一）

扛著萬噸心事
一粒藍色小星
失足墜落

（二）

返回天空的路上
一朵過境的雲
意外降落

2014/9/27

駱駝

終於停下腳步
卸下重擔
一邊回首揮灑青春與汗水的荒野
一邊眺望覆蓋光榮與傷痕的墓穴

2015/11/17

風箏

一堂蹺課的白日夢
偷了風的翅膀
溜到天空裡
和太陽賽跑

2015/11/22

山丘

昨夜，心事全數躺臥
悲傷沿著斜坡
滾落
愛人啊，你的肩膀
變成
山丘

2014/10/8

天堂鳥

一隻傳說的金鳥
輕輕拍打夢的翅翼
在綠色樹海裡

以來自天堂
幸福的歌聲
穿透昨夜的風雨
穿透天地之靜謐

2016/4/14

百合花

躲在角落
身穿白衣的文靜女孩啊
我聞到怒放的芬芳
也聽見頌揚光明
潔淨人心的
歌聲

2015/5/18

流蘇

嚴冬統治的大地
一場寧靜革命
久久醞釀

四月某一天
甦醒的小徑旁
雪花們爭相宣告
春天的勝利

2015/4/11

印象阿勃勒

沉默的大樹
突然雷霆
將壓抑一整年
金色的想念與詩
暴雨般
噴湧

2016/6/6

芙蓉花

木末芙蓉花
山中發紅萼
澗戶寂無人
紛紛開且落

——辛夷塢　王維

生長在無人造訪的深山
以鮮紅的心跳
迎接每一場春天
花開的歌聲
打碎空山寂靜
最後，託流水帶走
匆促一生
留下幾朵清幽的
詩

2015/11/29

秋陽之舞

披上一襲
渲染幻夢
金色的舞衣
波光蕩漾中，曼妙搖擺
柔軟的腰肢燃燒的靈魂

揮別紅塵之前
請西風伴奏蘆花見證
熱烈告白
一生的愛戀

2016/10/29

淡水夕照

永遠不老的夕陽啊
即使在告別的那一剎那
仍以滿分的熱情
擁抱大海冰冷的心

2015/6/2

攝影：曾忠仁

雲

幾世紀過去了
四處流浪的雲啊
找不到回家的路

那一天
憩息湖水
深情的凝視
流下甘甜的淚

2011/10/12

落日

緩緩飛落海面
一朵安靜的心
夏秋交替之間
深刻鋪陳
樸素的情節

2015/9/30
受邀參展〈2016年五四藝響曲
——馬祖詩畫創作展〉

詩與舞

蹲在角落的詩
凝視著人間憂傷
飛向舞臺的舞
迴旋出永生盼望

2015/10/25

攝影：曾光輝

鬱金香

舉起一盞盞彩色酒杯
邀白雲暢飲
與遠山對話
鬱結的心
被金色沸騰的光
被春天忍不住的香
灌醉了

2017/4/17

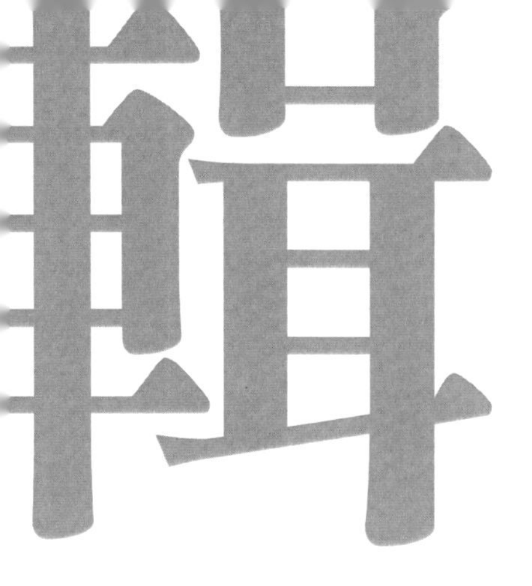

在你的房間裡

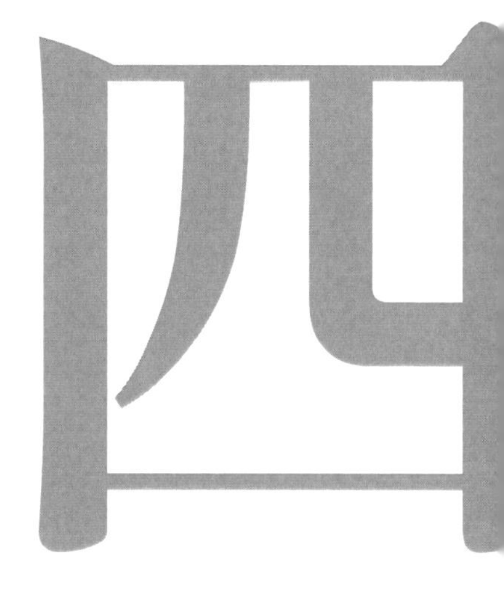

在你的房間裡
——給侄兒 Wesley

在你的房間裡，那四把大提琴耐心守候著
我無法將視線從你虛構夢境的油畫解剖現實的素描移開
爸爸買給你的玩具們似乎非常寂寞

在你的房間裡，好希望再次沉醉於天籟的大提琴演奏
好希望告訴你，多麼欣賞那彩虹般藝術才華與詩人心靈
好希望你永遠都是牽著媽媽的手，眼睛跳動問號的小男孩

在你的房間裡，好想擁抱
陽光的笑容天使的淚！

後記：大弟的兒子Wesley是一位才華出眾又貼心善良的青年。他曾是美國Vanderbilt University 附設青少年管絃樂團大提琴首席，也擅長繪畫與運動。很喜歡幫助別人，在校人緣極好。不幸在今年六月八日因意外去世，年僅十七歲！我們全家悲痛萬分！我想以詩悼念他，願他永遠安息在上帝的懷抱！

2014/6/14 在Wesley的追思會上朗誦

In your room
——to dear Wesley, by Aunt Mei Ling

In your room, the four cellos are still waiting patiently.
I can't take my eyes off the oil paintings where dream lands were constructed and off the drawings where reality was anatomized. .
All the toys your dad bought for you seem to be very lonely.

In your room, I wish I could listen to your beautiful playing of the cello again.
How much do I wish I could tell you I appreciate your rainbow-like artistic talents and poetic mind.
I wish you were a little boy always holding your mom's hand with eyes filled with question marks.

In your room, I wish I could hug your sunny smiles
and angelic tears!

Author's note: My younger brother's son, Wesley, was a talented and thoughtful teenager. He used to be Leader in the cello section in Youth Orchestra at Vanderbilt University in America. He was also skilled in painting and sports. Unfortunately, he died in an accident on June 8th in 2014 at the age of 17. All the family were very sorrowful. I wrote a poem to mourn for his death, sincerely wishing Wesley could rest in peace in Heaven.

思念

連智慧型手機
也無法接通
天堂與人間

只好將思念煮沸
熬成一鍋詩
每場重逢的
夢，邀你品嚐

2014/12/9

治療傷痛的方式

暗夜裡
當思念似海浪洶湧
猛然拍醒一床傷痛
只好抱緊月光
臆測星星最近的距離
或將一生的憾恨
提煉成詩
便什麼也不多想
除了靜靜地流淚
　　靜靜地流淚

2015/7/19

消息四則

（一）

你的突然離去
晴天霹靂幸福打造的家

（二）

37度的驕陽
曬不乾悲傷匯集的河

（三）

後院裡小鹿
怯生生的張望
是你不捨的眼神嗎？

（四）

偶然降落陽臺的黑鳥啊
請幫幫忙
遞送雪白的思念

2014/8/25

天上的孩子

天上的孩子
別玩躲貓貓了
黑夜再黑
遮不住星星的淚光
天空再空
裝不下媽媽的呼喚

2015/11/1

如何讓悲傷遠離

請告訴我，親愛的孩子
如何讓悲傷遠離
自你離去，連愛笑的太陽與花
都拒絕歡笑
思念佔據空白的心

在這座努力生產快樂的
城市，請告訴我
如何從烏雲與悲傷建造的
牢房，走出
重拾喜悅的筆
捕捉一曲曲
流淌愛與美的樂章
將煙火般相聚的
片刻，牢牢握住

親愛的孩子，請告訴我
如何讓悲傷遠離
在這座四處種植希望的城市
叫太陽與花重新歌唱
讓被絕望之蛇吞噬的
心，復活

2015/5/31

瓶中信

畫了一隻
雪白的思念
卻不知該向何處投遞

只能請熱心的海水幫忙
在生與死的邊界
遞送此岸彼岸
茫茫的音訊

2016/4/10

你走後

你走後
我經常凝望遠方
等候著飛鳥
意外銜回
來自天空的信

你走後
我獨自走到海邊
聆聽著海浪
日夜彈奏
來自彼岸的思念

2016/10/29

遺憾

每次相聚後
總期待下次再見
一如往昔，嘰嘰喳喳
多話的鳥
說不完的人生故事
輕輕攪拌笑與淚
佐以咖啡的香氣
鬆餅的甜味

如今，只能在安靜的相片
在偶然重逢
模糊的夢裡
重溫往日時光
只能隔著生死厚牆

遠遠地問候：
「你好嗎？」

2016/12/4

祈禱
——to dear Wesley

（一）慈愛的主啊，請垂憐
痛失摯愛的凡人
擁抱那萬噸的憂傷

（二）我們將耐心守候
那串串飄出星海
思念的音符
演奏平安的聖樂

（三）為了來世
天國的重逢
日夜祈禱
以滋生盼望之心
以盈滿喜樂之靈

2014/8/22

Pray

——to dear Wesley, by Aunt Mei Ling

（一）Oh! Merciful Lord, please have mercy
On those who lost their beloved
And embrace tons of sorrows.

（二）We will be waiting patiently
For strings of musical notes
Flowing from the sea of the stars
To play a peaceful hymn.

（三）For the afterlife reunion
In the heaven,
We pray day and night
With a heart breeding hope
And with a soul filled with joy.

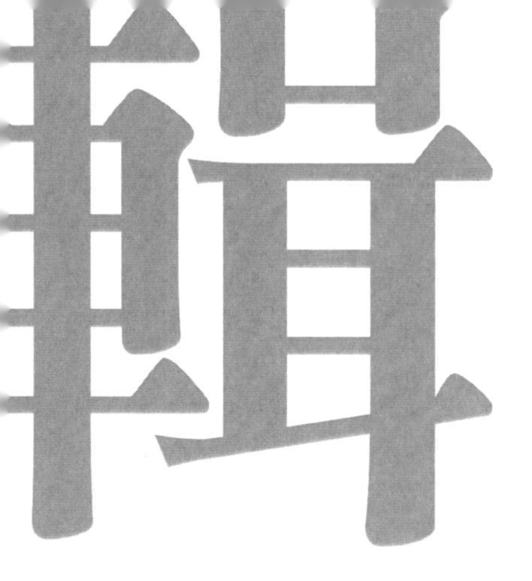

復活

復活

那隻棲息靈魂裡
日夜歌唱
名叫希望的小鳥

被命運派遣的
弓箭手，射中
重度昏迷

低頭祈禱
創造奇蹟的神啊
復活奄奄一息的心跳！

2014/3/6

晚禱
——觀米勒畫作「晚禱」

餵飽肚子的土地啊
請容許奉獻感恩的禱詞
感恩您重複慈母的叮嚀
教導子女，以汗水與淚水
耐心播種與耕耘
在歡呼收割之前

剛強靈魂的天父啊
請容許唱誦讚美的詩歌
讚美祢握持牧者的手杖
帶領迷途羔羊的眼睛
穿越雲霧佔領群魔統治的荒漠
在重返樂園之前

2015/11/7

上帝的男高音
——致聲樂家裴宰徹

曾經你是歌劇院首席男高音
當你以被上帝親吻的歌喉
陶醉歌迷的耳朵
全場回報以沸騰的掌聲與歡呼
名氣自歐洲亞洲美洲
光速般旅行全世界

當癌細胞大舉進攻
摧殘百年一遇的美聲
夢想世界一夕倒塌
億萬朵烏雲盤踞
心的廢墟

而當你終於穿越荊棘密佈
挫折叢生的荒原

當你以讚美之心
沙啞唱出奇異恩典
剎那間 千千萬萬瞎眼的
靈魂 看見了
光！

後記：被美國時代雜誌譽為「百年一遇的好聲音」，韓國籍聲樂家裴宰撤，在事業正值巔峰之際，發現自己罹患甲狀腺癌，手術切除部分聲帶後，只剩下氣息聲。經歷人生低谷，他靠著堅定的信仰，與對歌唱的熱愛，再度重返舞臺。

2015/1/29

平安夜

平安夜，在教堂
反覆齊唱Silent Night
迎接耶穌降臨
引領迷路的羔羊
走出始終無法道別
生命巨大的陰影與憂傷

平安夜，在教堂
真心悔改的靈魂
握緊重生的燭光
低頭祈禱

2012/12/27

聖誕樹

在客廳守候的角落
在教會盼望的門口
在百貨公司 在高鐵站的喧嘩聲裡
在十二月風雪夾擊的歸途中
你們擎起
一盞盞
啟程天堂
一路傳揚天使佳音
燃燒信望愛的
光

2015/12/20

那是一個奇妙的夜晚
——獻給耶穌的詩歌

那是一個奇妙的夜晚
當看守羊群的牧人們
穿越烏雲穿越濃霧
仰頭聽見，天使的歌聲
溫暖擁抱
貧窮與嚴寒覆蓋的大地

那是一個奇妙的夜晚
當前往伯利恆的使者
走過大漠走過荒野
屈膝下跪，迎接卑微馬槽裡
最榮耀的誕生
最恩典的禮物

那是一個奇妙的夜晚
當行走在茫茫黑暗中
所有找不到方向
迷路的眼睛
都驚喜遇見
那光！

2016/12/18

今天是復活節

在教會聆聽詩班唱誦
耶穌受難的故事
一頁頁爬滿血淚與傷痕
閱讀至高之神如何從鞭打從釘痕
從灰燼從屈辱從死裡，復活
走出教會，四月的天空晴朗著
路旁的小草小花正彩色
一朵朵春天啊
朝嚴冬統轄的心
緩緩飄進

2017/4/16

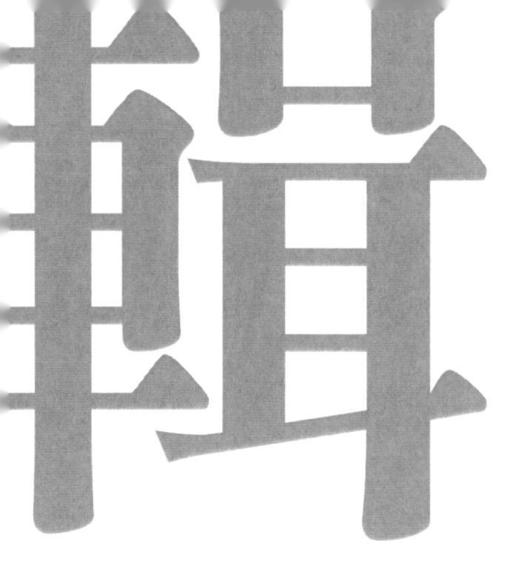

貓的眼睛

貓的眼睛

夜的深海裡
一對載滿疑問
哲人之眼
靜靜垂釣

2014/8/14

攝影：黃建中

蝴蝶
——太魯閣山月村偶遇

那晚，小木屋門前
月光擁抱的
地板上，偶遇
一隻蝴蝶

不知是跳了一整天舞
累歪了？
還是啜飲濃郁花蜜
醉倒了？

便放輕腳步，以免踩醒
安靜的夢

2015/1/7

為生病的貓咪們禱告

慈愛的主啊
懇求施展大能
命病毒閃電撤退
令細菌全軍投降
讓飽受高燒病魔折磨
被疼痛殺手擊倒的寶貝們
早日得著醫治
像從前，搖著天使的尾巴
爬到懷裡呼嚕幸福
躺在地上大秀伸展美姿
表演翻滾絕招
三更半夜喵喵喵喵喵喵叫
吵醒月亮與全家酣睡的夢
禱告奉主耶穌的聖名求
阿門！

2015/6/16

呼喚
——服務犬Gretel的告白

親愛的主人
我已年老
步步走向
生命的盡頭
遺憾無法像從前

當你的手腳
幫忙穿衣脫襪
陪伴逛街購物
當你的知己
默默傾聽
生活的甘苦

親愛的主人
我已瞎眼

再也看不見
那從悲傷陰影
走出來
陽光的笑容
無力守護你的安危

而這顆牽掛的心啊
想到永遠的分離
再也忍不住
哀哀地呼喚
哀哀地呼喚

後記：Gretel是日本第一隻服務犬，十五年來，盡心盡力照顧行動不便的主人。如今牠已十七歲，以人的年齡來說，已超過百歲。儘管因中風三次，手腳無法移動，眼睛幾乎看不見，卻不時發出哀哀呼喊聲。動物專家和牠溝通後表示，牠是牽掛主人的安危，一心想保護主人。

2011/11/20

信天翁的悲歌

我們原本是一群
快樂的信天翁
在宛如仙境的中途島
無憂地嬉戲
日日捕食海中魚蝦
一代繁衍一代

不知何時
魚蝦大量失蹤
成千上萬奇形怪狀
五顏六色塑膠垃圾
浮沉大海
好奇心驅使
飢餓感催逼
我們一餐餐食用

在彷佛天堂的中途島
我們集體倒地
雪白沙灘變成
血色墳場，聽！
千千萬萬具
無辜的殘骸
正默默發出
巨雷的抗議！

後記：位於太平洋間的中途島是海洋動物棲息地。每年有無數信天翁在此繁衍後代。可是成千上萬信天翁雛鳥因吃下塑膠垃圾而死亡。攝影師克里斯．喬登（Chris Jordan）沉痛拍攝當地不為人知的事實。

2011/12/21

被遺忘的動物

這一回，主角不是災民
鏡頭悲憫捕捉
一群被遺忘的動物
被飢餓荼毒的身軀
被絕望侵占的眼神

緊咬疑問與空氣
蹲在廢墟裡的瘦貓
垂頭喪氣地踱步
苦等枯樹下的老狗
拍不醒夢的孤鳥
唱不出歌的公雞
而集體生病的魚蝦
再也無法快樂嬉戲
清澈溪流裡

一年後

早被遺忘的動物們

忠心守候

變色的家園

後記：311強震一年後，一位日本攝影師進入福島核電廠附近，拍攝當地動物們的近況。令人十分不忍。

2012/5/22

眼淚
——悼河馬阿河

新聞說，不會說話的你
重摔之後，默默以眼淚
喊痛

今晨醒來
被你離世的消息重擊
流淌不捨的眼淚
一邊祈求上帝
趕快帶你逃離危險地球
逃離黑暗人心
飛回天堂的家

2014/12/31

石虎媽媽的願望

我們是一群不幸被捕殺
在天上暗自流淚的石虎媽媽
心中長久居住絕望和悲傷
日日夜夜，牽掛著四處流浪
失去倚靠的小石虎們

我們只有一個渺小願望：
在這塊名叫美麗的島嶼上
請怪手指揮趕快下臺
求獸夾士兵迅速撤退
白天，孩子們能安睡
森林搖籃裡
夜晚，在草原地毯上
快樂覓食遊戲

我們只有一個卑微請求：
比我們聰明千千萬萬倍
萬物之靈的人類啊
求您們伸出高貴援手
還給孩子們一個安穩的家
讓他們平安長大
重新遇見希望繁延生命
在這塊人稱寶島的國度裡

後記：石虎，俗稱山貓，臺灣一級保育動物，現全島只剩不到五百隻，需要好好保護。

2012/6/23

致甲蟲

飛呀飛呀，日夜飛行
米粒大身軀
以火焰的熱度
融化黑暗深井
結冰的眼神

飛呀飛呀
鼓動磐石的意志
飛越巨浪夾擊的海洋
飛越雷電突襲的天空
穿越颶風的咆嘯暴雨的急箭

飛呀飛呀
以永生的盼望，一路奔赴
千萬里曠野以外

一盞微光的

召喚

後記：根據記載「甲蟲有趨光性，會持續飛行數日，為了追尋遠方微弱的光。」

2016/8/6

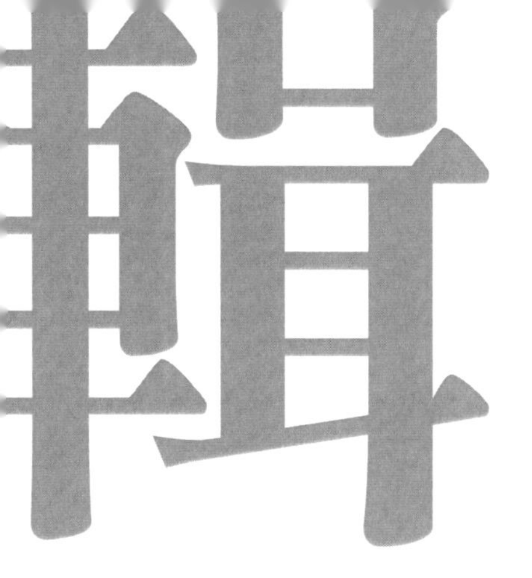

照相

照相
——給敘利亞的小女孩

親愛的孩子
這不是槍
快將高高舉起的
恐懼，放下

讓我含淚捕捉，大眼睛裡
遭戰火焚燒
被砲彈擊碎，躲藏的童年

2015/4/8

教宗與小女孩

一位菲律賓小女孩問教宗：
「為什麼上帝允許世界有童妓？」
天空般潔淨的眼睛洶湧著烏雲與問號

兼具智慧與慈悲之美名
教宗只能將女孩重傷的心
將她比巨石沉重的苦難
輕輕擁入懷中

2015/3/29

棒棒糖
——致一位非洲小男孩

照片中，比風更輕
比柴更瘦的小男孩
嘴裡含著三分鐘的幸福
正伸出左手
把另一根甜蜜的滋味
大方分享出去

天空般澄澈的眼睛裡
浮現一道
彩虹

後記：網路流傳一張照片，照片上，一位好瘦小的非洲男孩，雙手各握一根記者給他的棒棒糖，卻急著與人分享。

2017/1/10

復興居酒屋的告白

親愛的鄉親們
等待的時間走得好煎熬
絕望與眼淚占領每顆破碎的心
但一盞盞比星光希望的明燈
正懸掛在一間名叫復興
飄滿菜香酒香和歌聲的小屋前

投入我的懷抱吧
只要你們願意
丟棄擁擠著嘆息的行囊
乾杯一杯杯安慰的美酒
接力一棒棒奮鬥的故事
我將豎起月亮的耳朵

而當太陽猛力揮動金色手臂

再見昨夜滿溢淚水的歌聲吧

讓永不打烊的爐火與祝禱

重生被地震震碎的心

後記：日本東北311強震後，許多人被迫離開故鄉，但一位住在災區的年輕人，力排萬難，在災區開了一家平價居酒屋，取名復興，希望能安慰災區身心受巨創的鄉親們。

2014/2/11

午夜巴黎
——記2015年11月13日巴黎恐攻事件

在光之城，一如往日
浪漫牽著月光散步
香榭大道上，歌聲與笑語
仍未打烊
餐廳哩，蛋糕幸福許願
演唱會正瘋狂吶喊

來自黑暗人心
以仇恨壯大靈魂的
子彈部隊，瞬間
將自由綻放的
玫瑰人生
集體射殺

2015/11/25

我要上學
——少女瑪拉拉的願望

大家好，我是瑪拉拉
今年十一歲
興趣是閱讀和歌唱
願望是成為救人的醫生
但在我的家鄉斯瓦特
他們不准女孩上學
不准大聲唱歌
如果公開抗議
會被嚴厲懲罰

大家好，我是瑪拉拉
三年來，多次站出來
無懼槍桿威脅
忍受強權欺壓
大聲向世界求救

無助的耳朵湧入
潮水般加油的聲浪

大家好，我是瑪拉拉
今年十四歲
此刻，躺在急診室
絕望的病床上
和死神面對面
子彈擊倒瘦弱的身軀
擊不倒高山的意志
擊不碎鋼鐵的心

大家好，我是瑪拉拉
我一定會站起來
向全世界關心或冷漠的

耳朵，大聲說

我要上學

後記：巴基斯坦少女瑪拉拉・尤蘇芙札因公開爭取女子受教權，遭塔利班組織開槍射中腦部。據報導，她目前被送到英國急救，雖已醒來，但腦部受創情況，仍在觀察中。

2012/10/25

一位敘利牙男人的眼淚

國際新聞裡，一位敘利亞男人
臉上堆滿烏雲，喃喃自語：
從遠方趕回來
找不到妻子的笑
聽不到雙胞胎女兒叮噹的歌

比熱鍋裡的螞蟻還焦急
一聽到她們都已罹難
心裡的天空
下不停
悲傷的雨

2017/4/13

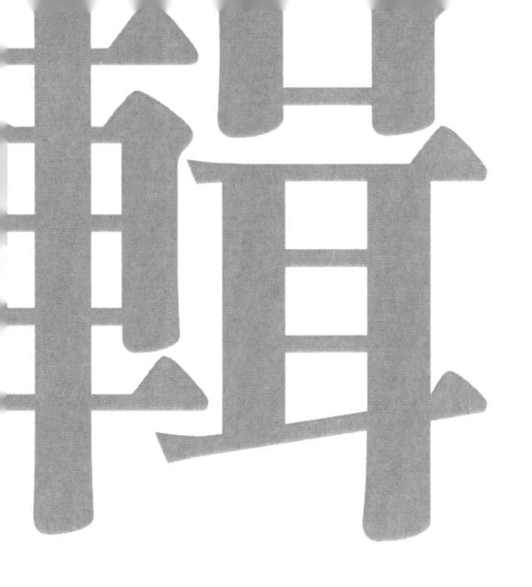

島嶼的哭泣

島嶼的哭泣

我們居住的島嶼
曾經是生物們的天堂
山谷間，千萬朵飛舞的彩蝶
鮮豔代言美麗的春天
抖落旅途的疲憊
濕地上，成群黑面琵鷺
安心啄食倒影與佳餚
大海遼闊的胸懷裡
珊瑚日夜守護著魚蝦的夢

寂靜的山谷間
巨獸怪手頻繁出沒
澄澈的海洋裡
垃圾大軍強行佔領
潔淨的藍天上

隱忍著滿腹的廢氣
煙囪劇烈咳嗽
而候鳥們驚慌搬離
被廢水吞噬的家園……

2014/1/25

母親的河
——觀看紀錄片〈滾滾沙河〉

記憶中的濁水溪
是一條母親的河
日夜哺育大地
翠綠的成長
以乳汁的芬芳
以搖籃的吟唱

影片裡的濁水溪
變身悲劇的主角
千塊土石淤塞流不歇的乳汁
萬噸廢料窒息不打烊的歌聲
而抵擋不住萬馬奔騰般
滾滾流沙，將奔赴大海
終生的嚮往
瞬間吞滅

影片的尾聲
我母親的河啊
依然張開爬滿傷痕的
雙臂，擁抱大地
憂傷的啜泣

2014/3/26

禱告
——為高雄祈禱

（一）

慈愛的主啊
請垂聽，那一聲聲
徘徊廢墟的街道
來不及道別
哀哀的啜泣

請縫合
被炸碎的夢想
被摧殘的幸福

（二）

浩劫過後
自烏雲的子宮裡
即將誕生
一道彩虹
當地上扛著苦難的生靈們
含淚仰望

2014/8/11

送行
——206臺南大地震記事

頭七儀式前，請手搖鈴領路
年輕夫妻噙淚舉行
玩具大遊行
將剛沖泡的奶水與愛
溫熱上桌
小心翼翼鋪床暖被
摺疊六歲姐姐一歲弟弟
來不及長大的衣裳
彩虹人生，摺疊聲聲叮嚀：
孩子，不要怕
緊緊抱住恐龍寶寶
像每晚睡前，抱緊爸爸媽媽
一遍重複一遍
夢的搖籃曲

2016/2/12

地震拼圖
——記206臺南大地震

（一）

走得比寒流急促
七十八歲的老奶奶・以眼淚呼喚
活埋瓦礫堆中
女兒女婿孫子孫女
完整的幸福

（二）

找不到孫子的笑聲
阿公喃喃自語
豐盛的晚餐
歡喜的紅包

正等著一家人
團圓

（三）

剛從死神手中
搶回微弱的呼吸
一歲多小弟弟的淚
重逢虛弱病床上
媽媽牽掛的笑
且用哭喊哀求：
媽媽抱抱

2016/2/7

那一夜，我不在現場

那一夜，我不在現場
但從電視、網路和報紙最燙的
頭條新聞裡，看見焦急的擔架上
躺著一朵朵被烈火灼燒的
青春，孤單的游泳圈傳來
求救的哀嚎與呻吟

看見一位父親以絕望的眼淚
告白：請救救我漂亮的女兒
　　　她全身百分之九十燒傷啊
鏡頭緊抓一位媽媽的吶喊
「我兒子身上的皮都不見了
　沒有皮怎麼辦？」
鏡頭再飛奔被病患、醫護、和家屬
被鮮血、傷口與劇痛塞爆的急診室

一位年輕醫師po文臉書
「這一夜，我看見煉獄」

那一夜，我不在現場
見證陽光般燦爛，心中飛翔夢想
眼睛閃爍希望的青年與孩童們
如何從樂園墜落煉獄
我僅能以虛弱的筆和不捨的心
以載滿眼淚與祝福的詩行
為五百隻正待起飛
比煙霧更彩色更炫麗的
青春之鳥，低頭祈禱

後記：八仙塵暴事件發生於2015年6月27日晚上8時15分，
新北市八仙樂園

2015/7/1

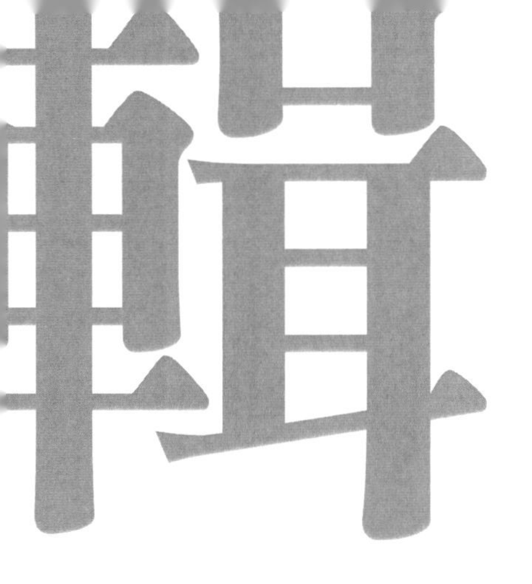

返鄉

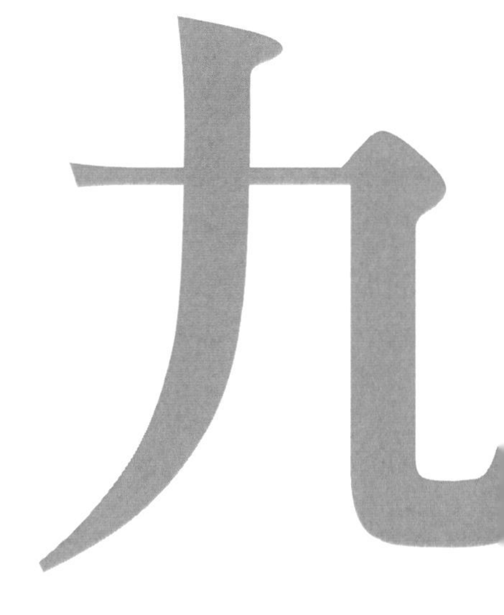

返鄉

車窗外，一輪金陽
一路滾動熾熱的眼睛
燒燙回家的路
染紅遊子的笑

2015/10/15

牽牛花

流浪很久了，昨夜
夢提著一盞
紫色小燈籠
在通往故鄉與童年的道路上
溫柔呼喚著

我的小名

2015/3/24

咖啡豆

日前，友人寄贈
鮮採咖啡豆
邀我品嚐
故鄉的味道

啜飲摘自嘉南平原
請陽光烘培
託雨露澆灌
包藏花香與草色
忍不住的芬芳

一粒粒
一行行
甦醒的鄉愁

自飲醉的心田
溢出

2014/2/16

盪鞦韆

昨夜，童年盪著鞦韆
穿越時空穿越夢
歸來

盪呀盪呀
便請小蝴蝶帶路
發呆的教室裡
搖醒躲在書本
頻打瞌睡的白日夢
奔跑的操場上
追逐四處滾動
綠色的笑聲

盪呀盪呀
重逢老榕樹大傘下

善等待的春天
說不停的祕密與詩
聽風聲與寂寞
海浪般盪來盪去

昨夜，鞦韆盪著往事
搖過來
盪回去
搖醒一座
飄盪思念的
天空

2016/6/11

媽媽的眼睛

黑暗中射出
一道道太陽的金光
以文字無法捕捉的堅強
詩歌不足頌揚的力量
將潛伏心底的絕望巨獸
悲傷幽魂
一一驅離

2016/4/22

媽媽包的粽子
——獻給媽媽

媽媽包的粽子
總是飄散著
童年的笑聲
輕輕一咬
便咬住竹葉的清香
糯米的甜味
也飽嚐陽光的溫暖
在記憶的味蕾裡
細嚼慢嚥

2017/5/28

裁縫車
——獻給母親

踩啊踏啊
規律的裁縫車
是永不停歇的配樂
遙遠又清晰
響在每一幕遊戲的童年

踩啊踏啊
勤勞的裁縫車
從清晨到深夜
裁製一件加一件
名叫愛的衣裳

踩啊踏啊
以一針一線的耐心
穿梭時間的齒輪

縫補生命的傷口
呵護成長的心事

媽媽就是
思念的裁縫車
踩啊踏啊
踩醒笑淚密縫的歲月
喚回迷路的腳印

2013/5/2

月臺上
——憶斗南火車站

（一）起站

月臺上
媽媽牽著年少的我
我牽著朝陽與夢想

當汽笛吹奏起程的配樂
目送不捨的背影
搖晃的車廂
搖落兩行
牽掛的淚

（二）終站

扛起一大袋回憶
抹不掉的傷痕與詩
當列車載回流浪的雲朵
當汽笛吹響沉默的鄉愁
月臺上，緊緊擁抱
日夜思念
媽媽的笑

2015/6/10

爸爸的夢想
——獻給八十四歲父親

年輕的爸爸是短跑健將
家中擠滿金牌與獎章與掌聲
成天追著太陽追著遠方奔跑
夢想跑到奧運的會場

一次練習中，命運之神意外偷襲
拉傷的韌帶
再也跑不出風的速度
擦乾眼淚後，轉攻排球獻身教育
以輸得起放得下，運動家的風範
以高山的意志流水的智慧
轉戰人生大小戰場

將信心與勇氣打造的接力棒
一代傳遞一代
繼續夢想的奔馳

後記：我的父親曾樣先生，年輕時，曾是短跑健將，也曾是國軍陸光排球隊主將。

2017/8/8

颱風夜
——憶童年

屋外，風神大發雷霆
屋內，雨滴們敲打
水桶和臉盆鏗鏘的歌

全家擁擠在
一艘搖晃的床
耳朵輕咬笑話與傳說

在媽媽的催眠搖籃曲
爸爸的打雷鼾聲裡
孵出清醒的夢

夢中，划動月亮小舟
我和年幼的弟弟們
飛越風雨襲擊的黑夜

2014/7/31

憶糖廠冰棒

那個年代
麥當勞、肯德基尚未入侵
85度C、清心還沒進軍
當驕陽的腳步
如影隨形
鎮民潮水湧入

福利社裡，攜手登臺
紅豆、芋頭、花生、綠豆
鳳梨、百香果、糯米冰棒
一支支幻想圓舞曲
迴旋雪花的夢
舌尖上、心坎裡
輕盈飛舞

幾十年後
那蔗糖的味道
攪拌樹梢綠色蟬唱
依然保鮮
記憶的冰櫃裡

2014/5/24

芋頭冰

在一家販賣古早味
年近半百的冰店
一口接力一口冰涼的
夏天

騎著時光的小木馬
追蹤躲藏的童年
叭噗叭噗叭噗
比水聲綠色的叫賣
穿梭旋轉
陽光嬉戲的巷弄裡

緊緊捆綁的
味蕾與心
漸漸變輕變甜

2015/10/6

肉圓

月亮掌燈的小吃攤
無眠摟著飢餓
點一粒古早味，細細咀嚼
竟咬碎滿嘴
甜辣的
鄉愁

2015/5/17

那一年

那一年，漫步在
飛舞彩蝶詩句
金色的河堤上
兩朵想飛的青春
交換溫暖眼神
牽著夕陽
長長的牽掛

後來，推著沉重的人生
一步比一步艱難
各自遙望
騎向天涯的夢
再也沒有回頭
再也沒有回頭

2016/5/19

英文課狂想曲
——憶英語話劇

這堂課，不上
讓進度喘口氣
請考試休個假
窗外逃學的風貪玩的雲
歡迎歸隊

劇名是童話大逃亡
騎著光速掃帚的巫師巫婆們
領軍國王王后公主王子動物植物
告別桌子椅子黑板粉筆
書本作業考卷講義筆記
集體逃出教室牢房
探險未知的天空

請幻想當指揮
讓遊戲玩配樂
逃離單字片語的轟炸
躲避文法句型的刁難
只要彈唱快樂的歌
只要構築童話的夢

這堂課，不上

2012/6/2

炮仗花開
——追憶在虎中的日子

那天 ， 在臉書上
驚艷昔日的校園裡
炮仗花盛放的倩影
塵封的往事
瞬間在心頭
燃燒

二十八年的粉筆生涯
課堂上 ， 掏出陽光的心
和學子們互相學習
除了英文的聽說讀寫
除了詩歌的節奏內涵
還有比星星閃爍 ， 各自的夢想
還有比大海遼闊 ， 共同的歡笑

二十八年的青春歲月
送走一班又一班的牽掛
迎接一期復一期的花開
最後，我也畢業了
唯那抖擻的炮仗花
年復一年
守護著夢中的校園
守護著你的我的
永不凋委
金色回憶

2013/1/14

灣生回家
——觀賞記錄片《灣生回家》

終於啟程了
隔著千萬里的海洋
隔著數十年的思念
奔赴夜夜流連夢境
故鄉的呼喚

追兔子的山丘上
依舊奔跑著童年的嬉戲嗎？
釣魚兒的溪流裡
依舊迴盪著青春的歌聲嗎？

久違的玩伴們
是否認得清當年
朝陽親吻的笑容？

是否畫得出昔日
騎在牛背上的夕陽？

讓我們在重逢的淚光中
緊緊擁抱老去的歲月……

2015/10/31

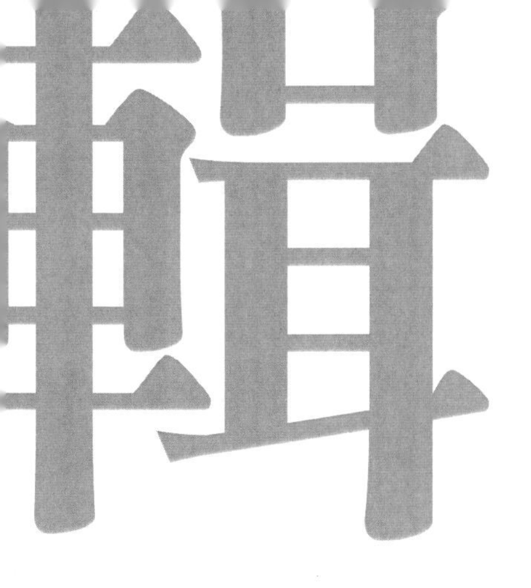

夜宴

夜宴
——致詩人蕭蕭

傳說，十五年來
靜默如雲的詩
蕭蕭似風的歌
比夢輕盈比花纖瘦的
舞，準時集合
蠡澤湖畔，穿越迷濛夜色
迷醉了草地上
每一朵寂寞的心
也搖醒波光中
每一艘流浪的眼

後記：蕭蕭教授，十五年來，每年秋天，在明道大學主辦「濁水溪詩歌節」。

2015/10/26

訪藹居
——給詩人龔華

午後，請寒風歇歇腳
俗事休個假
讓幸福展翅，飛入一則
光的傳奇

細細啜飲茶香與花語
燭火低吟的小屋裡
聆聽貝殼暗藏的
心事，海浪般喧嘩

午後，醉在光的搖籃裡
交換溫暖的眼神
時間忘記告辭
夢捨不得醒來

後記：2015年12月4日午後，與乾坤同仁劉曉頤，造訪詩人
　　　龔華工作室「繭居」。

2015/12/5

最唯美的河
——致詩人涂靜怡

四十年來
您一直守護著
最初的信念
默默點燃一盞
最抒情的燈
撫慰一代代詩人
寂寞的心

四十年來
您犧牲睡眠與健康
付出無價青春
以擦不乾的血汗
流不歇的愛戀
為詩壇挖掘一條
最唯美的河

四十年來
秋水詩刊和您
早已化作一首
最浪漫的詩
在時間的長河裡
涓涓歌詠
生命的芬芳

2013/5/23

風災前後
——致詩人麥穗先生

風災前
剛造訪青山擁抱
以瀑布與溫泉吸引
千萬顆朝聖的心
百年來，代言純樸與美麗
夢中的烏來

風災後
看到影片裡
遭大雨軍隊突擊
被土石流坦克車殲滅
彷彿經歷一場戰爭
青山變色， 家園殘破
浩劫後的烏來

聽到家在烏來的老詩人麥穗
以悲慟不捨的語調
細訴洪水盜匪般奪走
所有的家當、書籍與珍貴資料
我只能靜靜傾聽
祈禱老詩人重建家園
祈禱烏來重新站起來
重返雲仙樂園

後記：2015年8月8日，強颱蘇迪勒來襲，全省各地災害頻傳，烏來是重災區。

2015/9/7

遠行
——致前輩詩人晶晶

安靜如夢的秋日午後
聽到一則遠行的消息
想著多年承受病痛折磨
好久不見的您
心中滿懷不捨

低頭祈禱
彷彿看見聚會時
很慈母的笑容
聽到一句句
珍珠般的智慧妙語

請安息吧
那一首首用美架構
以愛打造的詩

終將如您的彩筆下
永不衰老的碧潭吊橋
如橋下清澈溪流
盪漾在你的我的他的
深深懷念的心底

後記：資深詩人晶晶女士在2016年10月2日仙逝，享年84歲。晶晶大姐為碧潭寫的詩深情優美，非常動人。萬分感謝她曾為我的詩集《囚禁的陽光》，費心寫下一篇精彩的推薦文！謹以此詩向她致敬！

2016/11/27

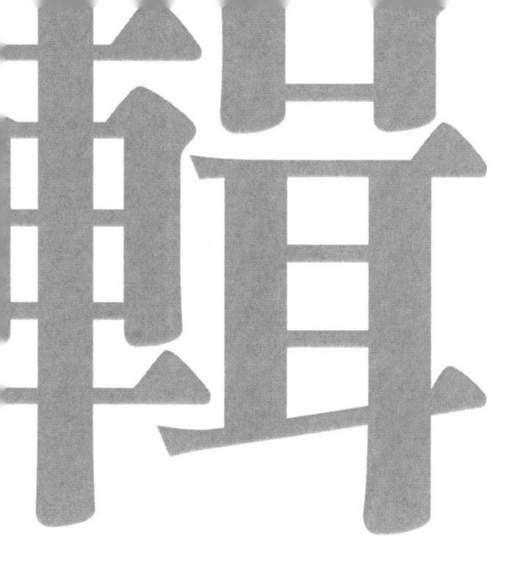

致親愛的人生

致親愛的人生

人生是沉悶的日常
每天清晨被鬧鈴被濃霧
從夢裡強行拉起
來來回回
推著沉重如巨石
脆薄如紙張的現實
但人生啊！也是大膽的逃離
脫下高跟鞋的束縛玻璃絲襪的誘惑
越獄情的監牢恨的囚禁
讓赤裸的靈魂踮起腳尖
白在飛舞，飛啊飛啊
飛向無風無雨也無晴
心的淨土

2017/5/21

親愛的，我不再害怕
——給詩淳和靜誼的祝福

當現實的風暴
一再揮舞利劍
糾纏的病魔
屢次發下戰帖

你總是掏出
明月的真心
溫柔呵護
那不斷滋生蔓延
分秒咬噬全身的
疼痛與傷口

你總是獻上
太陽的熱情
日復一日

傾聽靈魂的哭泣
熱敷那顆降至冰點
爬滿絕望的心

而當你毫不猶豫
牽著我走向幸福的鐘聲
當你以滿分的愛
將我眼底心裡
蓄積的悲傷淚水
奇蹟結局
雙頰朵朵笑靨
親愛的，我不再害怕

後記：我的學生靜誼在2009年被診斷罹患紅斑性狼瘡，當時，絕望的她曾抱著已交往多年的男友詩淳痛哭，擔心會拖累他，一度想和他分手。男友不但沒離開她，反而帶著她四處求醫，上網深入了解此疾病，經常幫她按摩熱敷，和她一起對抗病魔。靜誼因著他愛的陪伴與鼓勵，病情得以控制。兩人攜手步入禮堂。靜誼希望我能為他倆的愛情長跑寫一首詩，我亦深受他們堅貞的愛情感動，僅以此詩獻上我最真誠溫暖的祝福！

2013/9/14

遠方

（一）

雲彩般飄向
遠方， 多年後
音訊沉沒的老友啊
可曾聽聞，那一串串
塗抹回憶蜜糖
搖響青春音符
取名思念的詩？

（二）

扛著虛無重擔
四處飄盪
辨不清方向的雲啊

有一天，被遠方那盞
永不熄滅的
叮嚀， 搖醒
終於， 踏上歸途

2013/7/14

牆

（一）

據說
長期被囚禁的靈魂
抵達自由的國度
看不見習慣的
高牆，有些不知所措

（二）

那些住在牆內
備受呵護的夢啊
終於抵擋不住
風的誘惑
集體出走

（三）

當所有的牆，有形與無形
自眼前倒下
從心中剷除
自由的花朵
重新綻放

2012/1/30

盛會
——致105馬祖文藝節

在北緯23度，東經119度
一座夢的島嶼
即將登場
很希臘的盛會
有詩，有畫，有浪花吟唱
更有為美為愛
一起飛揚的奔跑

島上的居民和黑尾鷗
早已爭相走告
連喜愛旅行的風
為生活奔波的船
都提早回家了
眾神也自雲端降臨
齊聲歡唱祝福的頌歌

2016/4/29

玫瑰的告白

（一）含苞

停下腳步吧
如果願意
請耐心聆聽
冰冷的外表裡
比火熾熱的心跳

（二）怒放

終於鼓起勇氣
將壓抑多時的
愛慕，瓣瓣吐露

當你驚訝地回頭
是否瞥見
盛開的容顏背後
千萬顆的相思？

（三）凋零

當掉落一地的嘆息
仍喚不回
風的腳步
我會擦乾悲傷與淚
含笑吐出
殷紅的祝福

2017/2/9

攝影：黃建中／舞蹈：林語儂

給歲月
——寫於生日當天

歲月是瘋狂雕刻家
偷偷溜進熟睡的額頭
精準雕刻
陳年的皺紋與滄桑

歲月是一流髮型師
嚴格指揮服從的鬢髮
閃電挑染
沉默的白雪與嘆息

歲月是大才魔術師
即興飛舞驚嘆的眼睛
神祕消失
花朵的容顏與春天

但歲月啊，也是全能守護神
沐浴乾枯之生命
以大海的愛心高山的智慧
澆灌飢渴的靈魂
以太陽的熱情詩歌之美感
容我謙卑祈禱，在這一天在每一天
感恩歲月冰火的淬煉
讚美歲月慷慨的贈禮

2013/8/11

給命運

命運，你這愛惡作劇的頑童
我無法猜測你瘋狂的想像
總是顛覆古老傳統
不斷推翻遊戲規則
這雙凡人的眼睛
識不破你聰慧的技倆

命運，你這捉摸不定的情人
我無能掌握你善變的愛情
忽而投懷送抱
許下堅貞誓言
忽又轉身離去
留我孤單哭泣

命運，你這喜下戰帖的對手
我無權阻擋你公開的挑戰
在詭譎多變的競技場上
期待以蓄積的實力加勇氣
瓦解你快如閃電的攻勢
堅定必勝的信念

但命運啊，無論誰輸誰贏
人生的閉幕典禮上
就請夕陽作見證
把昔日的恩怨塵世的榮辱
輕輕放下
你我握手言和吧！

2012/8/1

寫詩

那堆囚禁現實牢房
找不到出口
苦悶之吶喊

那串塵封回憶密室
交織歡欣與悲傷
青春的音符

那組掙脫陳腐窠巢
漫遊虛構幻境
新奇的意象

一到子夜
全體聚集
夢的廣場

把熟睡的靈感
猛力搖醒

2014/2/26

文具二重奏

（一）橡皮擦

多麼希望
運用你神奇的魔力
把過去堆疊的錯誤
澈底擦掉
消失糾纏心中
揮之不去的陰影
讓生命還原
一張雪白的稿紙
等待填寫
重生的喜悅

（二）筆

謝謝你數十年的傾聽
準確掌握
暗藏靈魂底層
說不出口的祕密
無法承載的苦悶與徬徨
每個星星失眠的子夜
賣力譜寫
閃爍淚光和愛
一曲擁抱一曲
詩的樂章

（2013/4/5）

讀曾美玲西班牙記遊

季閒（乾坤詩刊責編）

在馬拉加的夏會裡——西班牙記遊

在馬拉加的夏會裡
整條街道，被佛拉明哥被Jazz
被酒香被笑聲被自由灌醉了
旅人的眼睛旋轉著豔陽與鮮花
沉重的腳步輕快著

用力踩踏吧！流浪的舞者
讓心解放讓痛苦吶喊讓幸福流淚
今夜，所有看不清方向的風
找不到歸程的夢
都將投宿
馬拉加的天空

——曾美玲

一首充滿意象，適度掌握詩句陌生化技巧，很值得大家參考的「遊記」小詩。 全詩沒提到一個「我」字，但是在第一節裡，藉著街道上的景物，遊客的眼睛，已經說明詩人明亮愉悅的心情。

「整條街道，被佛拉明哥被Jazz」，這開頭的第二句，把「佛拉明哥」和「Jazz」兩個名詞當成動詞來使用，立即讓讀者感受到整條街洋溢著拉丁民族浪漫熱情的氛圍。人們都「被酒香被笑聲被自由灌醉了 」，詩人將笑聲和自由都類比成酒，而用句首的「酒香」帶出來，可謂高招。 接著「旅人的眼睛旋轉著豔陽與鮮花 」，巧妙地用陌生化的「遠取譬」技巧，將佛拉明哥舞「旋轉」的意象，和「眼睛、豔陽與鮮花」結合在一齊，所以「沉重的腳步輕快著 」（陌生化的悖理技巧）。

第二節則用簡單幾句 「讓心解放讓痛苦吶喊讓幸福流淚」，兩組虛實互映的形容方式，（痛苦、幸福是沒有形狀的名詞，而吶喊和流淚，則是讀者們腦海裡的共通經驗）， 就描繪出「心解放」，和舞者的力道，然後再藉著風藉著夢的去向，暗喻了詩人今夜在馬拉加得到了精神上的飽足。

而「……/都將投宿 /馬拉加的天空 」，這兩句，讓我想起鄭愁予〈下午〉裡的最末兩句：「我們將投宿在天上 /在沒有星星的那面」，兩詩都用「投宿天空」當結尾，把詩韻溢出詩外，讓讀者能有極為自由的臆想空間，而巧妙卻各有不同。

臺灣詩學25週年　個人詩集02　PG1878

貓的眼睛

作　　者 / 曾美玲
責任編輯 / 徐佑驊
圖文排版 / 周妤靜
封面設計 / 楊廣榕

發 行 人 / 宋政坤
法律顧問 / 毛國樑　律師
出版發行 / 秀威資訊科技股份有限公司
114台北市內湖區瑞光路76巷65號1樓
電話：+886-2-2796-3638　傳真：+886-2-2796-1377
http://www.showwe.com.tw
劃撥帳號 / 19563868　戶名：秀威資訊科技股份有限公司
讀者服務信箱：service@showwe.com.tw
展售門市 / 國家書店（松江門市）
104台北市中山區松江路209號1樓
電話：+886-2-2518-0207　傳真：+886-2-2518-0778
網路訂購 / 秀威網路書店：http://store.showwe.tw
國家網路書店：http://www.govbooks.com.tw

2017年11月　BOD一版
定價：350元

國家圖書館出版品預行編目

貓的眼睛/ 曾美玲著. -- 一版. -- 臺北市 : 秀威資訊科技, 2017.11
面； 公分. -- (個人詩集 ; 2)
BOD版
ISBN 978-986-326-487-3(平裝)

851.486　　106018740

讀者回函卡

感謝您購買本書，為提升服務品質，請填妥以下資料，將讀者回函卡直接寄回或傳真本公司，收到您的寶貴意見後，我們會收藏記錄及檢討，謝謝！

如您需要了解本公司最新出版書目、購書優惠或企劃活動，歡迎您上網查詢或下載相關資料：http:// www.showwe.com.tw

您購買的書名：＿＿＿＿＿＿＿＿＿＿＿＿＿＿＿＿＿＿＿＿

出生日期：＿＿＿＿＿年＿＿＿＿＿月＿＿＿＿＿日

學歷：□高中（含）以下　□大專　□研究所（含）以上

職業：□製造業　□金融業　□資訊業　□軍警　□傳播業　□自由業

□服務業　□公務員　□教職　□學生　□家管　□其它＿＿＿

購書地點：□網路書店　□實體書店　□書展　□郵購　□贈閱　□其他

您從何得知本書的消息？

□網路書店　□實體書店　□網路搜尋　□電子報　□書訊　□雜誌

□傳播媒體　□親友推薦　□網站推薦　□部落格　□其他＿＿＿＿＿

您對本書的評價：（請填代號　1.非常滿意　2.滿意　3.尚可　4.再改進）

封面設計＿＿　版面編排＿＿　內容＿＿　文／譯筆＿＿　價格＿＿

讀完書後您覺得：

□很有收穫　□有收穫　□收穫不多　□沒收穫

對我們的建議：＿＿＿＿＿＿＿＿＿＿＿＿＿＿＿＿＿＿＿＿

＿＿＿＿＿＿＿＿＿＿＿＿＿＿＿＿＿＿＿＿＿＿＿＿＿＿

＿＿＿＿＿＿＿＿＿＿＿＿＿＿＿＿＿＿＿＿＿＿＿＿＿＿

＿＿＿＿＿＿＿＿＿＿＿＿＿＿＿＿＿＿＿＿＿＿＿＿＿＿

請貼
郵票

11466
台北市內湖區瑞光路 76 巷 65 號 1 樓

秀威資訊科技股份有限公司 收

BOD 數位出版事業部

....

（請沿線對折寄回，謝謝！）

姓　　名：＿＿＿＿＿＿＿＿＿　年齡：＿＿＿＿　性別：□女　□男

郵遞區號：□□□□□

地　　址：＿＿＿＿＿＿＿＿＿＿＿＿＿＿＿＿＿＿＿＿

聯絡電話：(日)＿＿＿＿＿＿＿＿＿＿(夜)＿＿＿＿＿＿＿＿＿＿

E-mail：＿＿＿＿＿＿＿＿＿＿＿＿＿＿＿＿＿＿＿＿